혼자였어

혼자였어

초판 1쇄 인쇄일 2017년 12월 19일
초판 1쇄 발행일 2017년 12월 26일

지은이 권영모
펴낸이 양옥매
디자인 송다희 임흥순
교 정 조준경

펴낸곳 도서출판 책과나무
출판등록 제2012-000376
주소 서울특별시 마포구 방울내로 79 이노빌딩 302호
대표전화 02.372.1537 **팩스** 02.372.1538
이메일 booknamu2007@naver.com
홈페이지 www.booknamu.com
ISBN 979-11-5776-513-3(03800)

이 도서의 국립중앙도서관 출판시도서목록(CIP)은 서지정보유통지원 시스템
홈페이지(http://seoji.nl.go.kr)와 국가자료공동목록시스템
(http://www.nl.go.kr/kolisnet)에서 이용하실 수 있습니다.
(CIP제어번호 : CIP2017034265)

권영모 시집

혼자였어

슬프게 태어난 것일까

누가 울면 따라 울어 버리는

나 자신이 왜 그리도 부끄러운지

책과나무

운초懮初 권영모

현실의 도피는 아니었지
지금까지 혈투하듯 살아가는 나이기에

현실에 불만도 없어
화약 냄새가 나도록 치열한 싸움이 안타까울 뿐

그래도 행복한 것은
붓으로 화풀이를 할 수 있는 삶이라는 것
요번 시집엔 나를 빗댄 모두를, 아니 그게 나겠지

삶이 별거 아니라고 하지만
실제 삶은 가치가 있어
더 살아 볼 이유도 있고

나 자신이 울고 싶다고 하는 것처럼
실제로 울고 싶어도 울지 못 하는 남자가 많거든
한번은 많은 사람들 앞에서 시원하게 울어 보자고

시원한 인생을 위하여….

3 비에 젖은 내 모습

4 당신이었나 봐

5 아직은 꿈을 꾸련다

1

겨울 호수의
여행

8월의 태양

태양에 구워진 대지
인생의 청춘만큼이나 뜨겁다

구워진 대지 위에 피어 있는 생명들
지쳐 쓰러질듯 힘겨운 모습
뜨거운 지열만으로도 지쳐 보인다

마음 속으로는 아직도 싱싱한 청춘
지치지 않은 모습으로 간직하고 있는데
서녘 하늘엔 붉은 모습의 노을이 되어
내 가슴에 드리우고 떠나가네

등대 하나 없는 작은 섬마을엔
더위에 지쳐 버린 파도마저 밀려오지 못 하는 밤
작은 햇물고기도 더위에 지쳐
유영하다 말고 잠시 쉬고 있네

뜨거운 8월의 태양 아래서….

겨울 아침의 햇살

아침 음악 소리를 듣다
찬란히 빛나는 햇살에
명쾌하게 흐르던 음률을 줄였다

나도, 너도 깨고
눈이 부셔 오는 길
숨죽여 있던 자연은
햇살에 움츠렸던 사지 기지개를 편다

햇살의 움직임 제자리걸음을 하는 것처럼 보여도
살아 있는 나는 마음만 늘 분주한 것을
가르쳐 주지 않아도 이 몸은 내일을 찾아가고 있는 중

세상을 향해 너를 향해
수개똥벌레의 사랑처럼 살고 싶다

벤치

내 눈엔
텅 비어 있었습니다
태양을 피해 쉬어 가던 나그네
하얀 겨울이 내려와 자리하던 모습
오늘 내겐 쉬어 가는 이가 없었습니다

바람에 가끔은 나뒹굴던 낙엽만
벤치의 구석진 다리 밑에 잠들고 있을 뿐
하얀 바람만 사뿐히 쉬어 갈 뿐입니다

내 눈엔 텅 비어 있습니다
벤치의 3월에는

나그네도
하얀 겨울도
내 마음도

겨울 호수의 여행

손짓을 한다
꽁꽁 얼어 버린 호수
사막의 오아시스처럼 얼다 멈춰선
조금 남아있는 숨구멍 같은 자리
파도가 인다

먼 여행을 떠나던 철새
목마름 작은 요기라도 하려는 듯
비좁은 자리 작은 시장바닥의 북적임처럼
가파른 자리싸움을 한다

나를 부른다
어둠이 내린 겨울 호수가
달님은 해님과 노닐다
초저녁 해님과 함께 떠나 버리고
어제 그 자리에 머문 가까이 다가온 숱한 별님들
어둠에 싸여 버린 호수에 내려앉아

난 이미

호수에 반짝이는 별들 틈에 빠져

깊어 가는 겨울밤 은하수 여행을 떠난다

꽃피는 4월엔

난 그리워도 다가갈 수 없어요
땅속에 발목이 잠겨 버린 난
그 그리움을 살랑살랑 불어오는 바람에
내 마음을 내 눈물의 향기를
겨우내 얼어 죽도록 움츠린 몰골에서 벗어나
당신에게 전할 뿐

먼발치에서 그저 바라보는 설렘
4월이 또 떠나면
이 마음 어찌해야 하나요
보잘것없이 그리워만 하다가
그 태양에 가슴이 다 타도록
눈물만 흘려야겠지요

들뜬 가슴을 안고 살아가는 이들
이 4월엔 더 들떠서 뜨거울 텐데 말이지요
봄비를 맞으며 우린 먼발치에서
또 눈물만 흘려야겠지요

데워지는 지구를 안고….

봄

아지랑이 피어오르는 언덕
피를 수혈하듯 콧등을 댄 채로
꽁꽁 얼었던 육신 그 지열에 데워 본다

녹아내리는 대지 땀을 흘리고
종종대던 마음은 오간 데 없네

야생의 꽃, 잡초
긴 잠에서 깨어나
세상에 얼굴을 내밀고
내일을 꿈꾸는지 작은 바람에 춤을 춘다

인생의 봄은
한 번 지나면 없다고 하지만
내 마음은 일 년에 한 번은 찾아와 주는 걸

또 다른 봄을 기다리는 것
그 마음이 봄이기에

봄날

다 버리고 떠나간
낙엽 되어 흩어진
청춘을 잊어버린 자리엔
소중한 생명을 위해
휴식 같은 날을 머문 시간들

꽁꽁 얼어붙었던 동토에
그 꿈에서 깨어나
금이 간 지구의 틈으로 아지랑이가 인다

오늘을 위해
사납던 날을 견디었기에
새로운 모습 간절한 사랑이 가득하다

바람이 분다
얼었던 대지를 녹이는
녹아 흘러내리는 이슬 같은 땀방울
움츠렸던 모습들
긴 기지개를 한다

봄날의 꽃

벌거벗은 모습으로
긴 겨울밤을 지새운 너
무슨 꿈을 꾸었을까?

가을날 다 내려놓고 떠난 자리
흔적 없는 모습으로 남아 있고
꿈에서 그렸던 그 모습일까?

수줍은 모습으로 개화할 때에
이슬비에도 또 떨어져 내릴 너

겨우내 꿈을 키우며 견디는 동안
그래도 넌 행복했을 거야

꽃 꿈을 꾸었기에
수줍어 붉게 물든 너

모든 사람에게 사랑받는 너
나도 꽃이었다면

빈 둥지

넌 지금 둥지만 덩그러니 남겨 놓은 채
이 쌀쌀한 날들을 살아가고 있는 거니
네 곁을 떠난 새로운 너의 분신의 생명

뜨겁던 사랑이 다 식어 버린 오늘
그날을 기억하는지 조금의 기다림에도
애타게 울부짖던 모습
그래 다 잊어버렸겠지

푸르던 나뭇잎 이미 다 떠나 버린
앙상한 가지 위 넌 누굴 의지할 수 있으랴
널 기다리는 네 체온을 지켜 줄 이도 없는
찬바람만 세찬 저 세상 위를
넌들 지킬 수 있으랴마는

하얀 눈이 쌓여 버린 너의 둥지를 보며
넌 지금의 네 체온을 지켜 줄 그 둥지는
지니고 살아가는지
난 그래도 추위를 못 이길 쯤에는
쐬주 한 잔으로 그 한기를 메우련만

장독에 쌓인 첫눈

어매가 굽은 허리 펴 가며
지난봄에 담가 둔
된장, 간장, 고추장 장독대에
숙성이 아직 덜 되었나
하얀 눈 솜처럼 덮어 주었네

잘 익어 숙성되는 장독 시기하며
싸늘히 불어오던 차가운 바람
내 어미에게 사과하듯
잠시라도 덮어 다시 숙성시키려는지
저리도 밤새 덮어 놓았네

오늘 아침에는 덮인 눈 헤쳐 털어내고
작은 투가리에 한 움큼 보글보글
내 늙은 어매와 쌓인 눈 바라보며
깊은 정 나누려네

하늘이 닿을 듯한 산속

작은 벌레가 판을 치는
그들의 낙원이다
먹이 찾다 잠시 쉬는 시간
깊은 산중엔 그들의 함성이 메아리가 된다

흐르다 멈추어 쉬어 가는
물웅덩이 속 작은 물고기도
폭포 되어 떨어져 가는 물소리에
군무하듯 수중 발레를 한다

해 저물어 깊어 가는 밤에는
하늘의 별마저도 흘깃흘깃 눈치 보며
별똥별 되어 빠져든다
깊은 밤이 다 새도록

장미와 나

5월을 유혹하며 다가온 너
6월의 태양에 그 자태를 잃어 슬퍼하며
하얀 미소로 지워져 갔다

정말 그 아름다움에
난 눈을 떼지 못 하였지만
흐르는 시간에 난 아쉬움만 남고
넌 또 다른 날을 기약하겠지

오늘 너의 그 모습이면 어떠냐
나름대로 고상한 척하는 걸
가시도 있고 범접하기 쉽지 않은 걸

너에겐 아직도 많은 봄이 기다리고 있으니
또 다른 청춘이 될 수 있는 봄
너는 꽃을 피우는 봄이 오면
내 얼굴에 벼슬처럼 점 하나가 늘어 가는데
가슴엔 한숨이 피어나고….

타는 가슴
– 가뭄에 갈라진 소양강에서

널 기다리다
내 가슴에 갈기갈기 상처만 남아
넘쳐흐르던 그 숱한 날들이
왜 이리도 그리움으로 다가오는지

타다 지친 목마름으로
오늘도 먼 하늘만 바라본다

언제 온다 기약 없는
막연한 기다림
갈라져 말라 버린 가슴엔
뜨거운 태양만 머물다 간다

타다 지쳐 흉한 몰골의 대지는
널 기다리다 시름시름 앓고만 있고
목마름에 지친 새들조차 힘에 겨워
날갯짓이 왜 저리도 지쳐 보이는지

긴 장마에 지쳤던 지나간 날이
이토록 긴 가뭄에
왠지 모두를 삼켜 버릴 듯한
태풍마저 오늘은 자꾸만 기다려진다

텅 빈 겨울 호수

하얀 수평선
찾아오는 이 없어 외로이 노래를 부른다
어젯밤 찾아온 세찬 동장군에

등 터지는 소리
배 터지는 소리
물뼈 부러지는 소리

나 어릴 적
지금의 어린이 대공원보다
PC방보다 좋았던 곳
지금 텅 비어 있다

철사 두 줄로 썰매를 만들어 타고
외갓집 찾아온 도시 아이놈
스케이트를 타던 곳

나도 이리 외로운데
텅 빈 너는 얼마나 외로울까
외로울 때면 그 소리라도 내어
옛날을 그리워해라

등 터지는 소리
배 터지는 소리
물뼈 부러지는 경쾌한 소리

한겨울 속의 비

크리스마스가 내일 모레
밤새워 내리는 비는
지난가을의 그 빗소리를 닮았네

출근길 우산 받쳐 들고
걷는 발걸음은
낙엽 떠나간 가을날의 이슬비
해는 저물어 가는데
가을은 떠나지 못하는 모습

어릴 적 이맘때
볼은 얼어 갈라져도
눈 속에 구르던 그 모습이
아직도 가슴에 여운으로 남아 있는데

나도 변하고
세상이 변하고
순수가 떠나간 그 자리에
수많은 함성
수많은 촛불이 타올라

그 마음에 있던
그 눈들의 눈물이 되었는지
훈훈한 정은 오간 데 없고
가난한 백성은 탄식을 하는데
저들은 두 눈과 귀를 막고 배만 채운다

휴(休)

덩그러니
불어오는 바람에 바람의 뜻대로
이리 가고 저리 가고

더러는 외로워서
바람 불어와 소리 내어 울기도 하지

오라는 친구
먼발치에서 손 흔들어 줘도
마음만 잠시 마실 다녀올 뿐

더위에 지친 나그네 같은 새들
땡볕의 농사일에 지친 농부
잠시 눈 감고 쉬어가고

사납게 불어닥친 겨울날 철새들
앙상한 가지에서 쉬어 가며 고마운지
재잘재잘 노래를 부른다

뜬눈으로 세상을 바라보다
날마다의 세상에 쉬어 가듯 살아간다

2

—

지나 버린 날의
행복

고대

등을 끄고
빗소리에 그의
발자국을 그려 본다

어둠과 함께 찾아온 빗줄기
언제까지 내 안에 머물는지

이런 시간이라면
더 오래 내려도 외롭지 않으련만

아— 깊어 가는 시간 속
내 마음까지 스며드는 시간
그 고대는 더 큰 간절함으로 다가와
초라한 가슴에 그리움만 흐르네

산다는 것

초라해서
우울함의 싹이 트이고
조금은 부족해도
조금은 초라해도

설레는 내일이 기다리듯
그 기다림을 찾아 떠나듯
살아간다는 것이
그래도 가슴이 뛰지 않는가?

가슴이 벅차올라
그 흥겨움 날마다
몇이나 누리며 살거나
나를 조금 낮추면
그게 사는 거 아니겠는가

과거

지나 버린 시간
되돌릴 수 없어 그리워한다
조금은 부족했던 날
좁은 가슴을 열지 못하고
이토록 후회를 하는지

또다시 그 시간들이 주어진다면
지난 모든 과오의 일들은
내겐 행복이 되어 돌아오겠지
내일 또 다른 기약 없이 다가오는
수많은 시간 초석이 되어
더 소중한 또 다른 과거가 되어

잊어버리고 사랑만 할 것을
지나 버리는 시간 앞에
또 무릎을 꿇고 말 자신이
덜 부끄러웠으면 좋겠다

교훈

어제는
삶의 교훈이었어
즐겁고 힘들었어도 과정이었을 뿐

실패는 기뻐할 일은 아니지만
절망하거나 슬퍼할 일도 아니다
그로 하여금 또 다른 날들을
기뻐하며 살아가는 것이기에

어제라는 날들
오늘을 지탱하게 하는 바탕이었고
내일을 꿈꾸게 하는 마음의 스승과도 같은

오늘
이 작게 주어진 시간들
날 사랑하는 마음으로
오늘을 사랑하며 살아가려네

내 마음 바람 되어

구름을 밀어내고
무지개 미끄럼을 탔지
뜨거운 가슴 식을 줄 몰라서

어디든 떠났어
기적 소리에도
이미 머나먼 길
내가 나를 잡아 두지 못 하는 걸

별들 사이
사랑을 했어
찾아 헤맸지
울고 울었어 그 빈틈을 헤집으며

먼발치에서 흘러간 시간들
상상하며 돌아설 뿐

지금 앉은자리 빙빙 돌고 있는

난 다리가 무거운

바람 되었네

내가 살아가는 것은

내가 살아갈 수 있는 것은
날 사랑하기 때문이지
나 하고 싶은 것 다 하지 못해도
내 마음 아픈 것을 표현하고 울고, 웃고

진정 어디에 내가 있는지
끝없이 찾아 헤맨 그 시간들이
날 위로하듯 때론 아름답던 추억되어 다가온다

오늘
처음 대하는 쑥스러운 날
내일이면 그리움으로 또 남고
그래서인지 오늘은 이렇게
시시(詩詩)한 사람이 되어 간다

행복하다
매일 날 깨워 주는 새로움
그리워 할 네가 있고
사는 것을 이렇게 그리며 산다는 것이….

노을

편안한 오후
모진 풍랑 역경을 이겨 내듯
나라는 존재를 잊어버려 내려놓으며

한 때는 뜨겁던 태양처럼
또는 꽁꽁 얼어 버린 육신처럼

산해진미
세상 재미
길지도 짧지도 않았던 시간들

잔설을 맞은 듯
삶은 어느덧
서산 중턱에 걸려 있는 태양처럼

언제 내려놓을지 모르는 삶
흔적 없이 지나 버린 날들
붉은 노을의 서산을 바라본다

맛을 찾아 떠나는 인생

무슨 맛이 좋은지
어떤 맛이어야 하는지
그냥 주는 대로 배고프면 울음으로 말했지

조금 맛을 알아 갈 땐
모두가 다 궁금했어
이것저것 가리지 않고 맛을 봤지

어느덧 맛을 찾아
냄비를 들었었지
모두가 쉬워 보였었고
더 강한 맛을 추구했었지

나름의 맛을 만들며
추구하는 정열 중엔
타 버린 맛 덜 익은 맛
모든 맛을 보고 말았어
지금
그 맛들을 정리하고 있어
내가 좋아했던 모두가 좋아했던
맛, 맛, 맛들을

머리가 세어 버리고
줄줄이 그려진 나 자신의 모습에
은은한 노을의 그 맛이 더 좋은 걸
가슴으로 그 맛을 조리하며 사는 중이야

모래

어디서 오느라
이 모습이 되었나?

무엇에 갈고 닦여
이 자태를 갖추었나?

얼마나 오랜 시간
풍파에 시달린 너의 모습에
뜨거운 태양이 머물다 돌아선 노을 앞에
너를 품고 너에 기댄 채

훗날 나 지고 나면
한줌 재가 되기보단
말없이 이름 없이 떠다니다
너처럼 어느 임에게 안기어
행복했음 좋겠다

뜨거운 태양

오늘도 말없이

서녘 하늘에 걸려 있다

시간

시간은
내게 주어진
속세의 가장 큰 선물이다

시간은
흘러 버림을 막을 수 없는
크나큰 힘이 존재하는 꿈이다

시간은
어느 누구도
어떤 재물과도 바꾸지 못 하는 혼이다

시간은
나의 삶을 언제든 마무리할 수 있는
폭력배와 같은 존재이다

시간은

살아온 날들과 살아갈 날을 제시하는

스승이다

여행 떠나듯

가는 날
다 챙겨 보지 못했는데
기다려 주질 않는 야속함만 남는 세월
보내 놓고 그리워하는 걸
날마다 후회하듯

그래도 내 가슴엔
아름다운 추억만 간직하여 남는 것은
그리운 모습 그리워하며
그 그리움을 즐기듯 살고
어딘지 모를 그곳을 향해
뚜벅뚜벅 떠나는 여행길 아니런가?

잠시 힘이 들면 쉬었다 가면 되고

선율 여행에 선을 타다

선율에
춤을 춘다
피를 토해 내듯
목마름에 폭발하듯

눈물이 흐른다
그 처절한 그리움에
아티스트의 열정에
그 땀방울보다 더한 그리움에
흠뻑 취해 간다

짧은 시간
긴 상상의 여행
멈추어 서면 여운은
잔잔한 파도 되어 밀려온다

오늘처럼

웃을 수 있어서 좋다
보내는 아쉬움은 아니고
그저 하루를 보낸 것을
행복으로 치부하고 살았기에

쐬주의 모가지를 비틀어
나를 채우고 마무리되어 가는 날을
아름답게만 간직하는 나의 가슴

이 더러운 세상을
취하지 않고 살아온 날
살아갈 날이 만만한 날이 아니기에
그나마 취해서 내 가슴을 치장하고
빈병에 위로받고 사는 것이 인생인 것을

내가 날 채워 화려하지 않는 것이
살아갈 날들이기에 나를 조금은 내려놓고
또 다른 날 또 다른 친구와
또 다른 쐬주의 모가지를 비틀며
비록 실없는 웃음을 지을지라도
오늘처럼만 살려 하네

작은 변화

꽃이 져가듯 몸이 지는 모습에
왜 가슴이 무너지는가?
어제의 모습 그대로인 오늘의 마음
그러나 몸은 마음 따로 흘러간다
나도 모르게

보이지 않는 신체의 변화
미세하고 조금의 아픔에도
왜 이토록 놀라는지

조그만 변화에 나약해진 마음은
그리워지는 것이
왜 이리도 많이 다가오는지

모든 것이 이렇게 흐르듯 변화하며
살아가는 삶이련만

못다 한 과거만
사나운 모습으로 다가와
나약해진 밤마다 괴롭히듯 찾아드네
더 사랑하며 살라 채찍질하듯….

지나 버린 날의 행복

이제야 가슴에 시리듯 다가오는
하루하루를 보내는 것이
이토록 아름답다는 것을

아쉬워만 하며
또 아쉬움으로 남기며 살아온 날들
그 아쉬움이 행복이란 걸
고마워해야 될 것들뿐이었는데
이제야 그날들이 그리워 오는지

흘러 버린 날들 날 버린 줄 알았는데
가슴속 깊은 곳에 이렇게 감춰져
오늘에서야 환청이 들리듯 날 깨우네

흘러 버린 세월이 아니라
행복했던 날들이었다고….

참 오래됐어

오래됐어
그래도 눈을 뜨면 늘 새로운 날
습관이 됐어 너를 찾는 것에

고마워
힘들게 했던 날
어디로 튈지 모르는 나를
이렇게 지켜 준 날들이

행복해
오래될수록
네가 더 좋아지는 것
이대로 나의 영원이겠지

혼자였어

지쳐 버렸는지
작은 새의 지저귐에도
나약해진 난 눈물이 흐른다

외로운 줄 몰랐어
자신을 돌볼 시간은 이미 떠나간 후
뒤를 돌아본 난 망연자실

이렇게 외롭도록 철저히 버려진 나
이제와 뒤돌아서 찾아갈 수 없는 시간

미물의 작은 지저귐에
마음이 이렇게 덜컹 내려앉는지
처음 바라보는 낯선 모습처럼

가슴은 흥분되어 뛰고
눈물은 흐른다
날 잊고 살아온 시간이
왜 이리 슬픔으로 다가서는지

그늘에서 사는 나무

하늘이 보인다
봄이 왔어
겨우내 떨고 있던 난
또 다른 장애물에 하늘을 볼 수 없었어

하늘이 보인다
너 싸늘한 가을날에 무너져 내리는데
난 청춘이야
너 뜨거운 태양에 고통을 받을 땐
난 시원한 그늘 밑에서 망중한을 보냈어
너 천둥 번개에 가슴 졸일 때
난 스피커가 터져나가는 사운드를 즐겼지
너 가을 하늘 철새의 외로움을 바라볼 때
난 국화 향에 취해있었어
너 권력과 돈을 찾아 헤맬 때
난 포장마차에 앉아 별을 헤며 술잔에 기대 낭만을 즐겼지

하늘이 보인다
권력 떨어진 자
돈에 눈이 멀어 물불 구분 못한 자
떨어져 나간 자리 작은 빈틈으로
또 그 자리를 또 다른 권력으로 메운다 해도
난 오늘도 하늘을 보고 있다.

3
_

비에 젖은
내 모습

가난한 가장

튀김닭 한 마리
지나는 발목을 잡았다
주머니 탈탈 털었다

싸우듯 먹는다 자식들은
물끄러미 곁눈질로 바라본다
침의 목 넘김도 소리 없이

다 발라먹은 바싹 튀겨진 뼛조각
그 뼈를 꼭꼭 씹어 먹는다
개도 못 먹는다는

자식은 그런 애비를 알까?
나도 그랬다

나

난 누구일까?

.

.

.

.

.

.

어렵다

.

.

.

.

.

.

정말 모르겠다

나는

조금은 매어 놓은
허점뿐인 삶
그래도 구성원으로 살아가는 것에
또 살아가야 되는 것에
내가 매어 놓았던 내 가슴
이젠 조금씩 놔주는 연습을 한다

풀어져 감당할 수 없는 모습
보통의 인간으로 살아가면 되련만
왜 가두어 놓고 살아가려 하는지
그런 자신을 책하지도 못하고
매어 버린 틀에 구속되어 살아온 날들

잠시라도 나를 내려놓고
한 잔 술에 권주가라도 부를 즈음엔
귓전에 스치는 날 깨우는 칼바람에
내가 날 매어 놓은 가슴을
한시도 풀어헤치지 못하고

이젠
그 매듭을 조금은 풀어도
누구에게도 욕되지 않겠다는 것
나에게 나는 권유하고 있는 중입니다
살아온 만큼 살아갈 날도 많지만
그것이 나에 대한 사랑이기에 말입니다

이젠 나 자신을 사랑하고 싶습니다
지금껏 헤쳐 온 삶을 말입니다

내 삶이

심해(深海)엔 파도가 일지 않는다
미풍에도 흔들리는 마음
짧은 생각도 할 겨를이 없는 삶

높은 하늘엔 바람이 없다
내가 나를 버리듯
조금의 흔들림이 없으면
우리가 놀림당하지 못 하듯 나를 지킬 수 있는 삶

나의 가슴엔
내가 선택하고 결정할 여지가 많다
파도도 되고 돌풍도 되고
깊은 바다 높은 하늘
부끄럽지 않은 나였으면

내 마음

파도가 되어 밀려온다
작은 가슴으론 감당하기 어려운
또 잔잔한 여운이 되어 사라져 버리지만

작은 미풍 같은 사사롭게 버리듯
그러나 칼날이 되어 내 가슴에 박혀 버린
가녀린 마음 응달에 핀 새싹

돌아서 나를 바라보면
난 정말 날 버리고 사는 착한 남자
그래서 그렇게 아파하고 우는지 모른다

기뻐 우는 날이 더 많지만
작은 마음
다쳐서 아파서 우는 시간이
왜 이리 다가오는지

눈물

콧등이 시큰해
입술을 깨물어도
목젖으로 흐르는 눈물

울고 싶지 않아서
먼 산을 바라봐도
나를 달래지 못 하는 것은

나는 누구일까
왜 나를 날마다를
내 마음을 닦아 내리는 걸까
아직도 얼마를 더

비록 눈가에
하얀 소금이 흔적으로 남아도
마음엔 잔잔한 평화의 파도가 인다
더 사랑하라 채찍하며….

바보

산 위에 산
내 마음을 나도 모르게
자꾸만 낙엽처럼 바람에 날리듯
흩어져 날려 복잡한 마음

지금 여기가 어디인가?
내가 나를 다스리지 못 하겠는 걸
난 지금 어디쯤일까?

내일 다시 눈 비비고
지나간 시간을 아쉬워하겠지만
모든 걸 또 잊은 채 살아가는 중이겠지
나이 들수록 작아지는 가슴을
움켜쥔 채로….

비에 젖은 내 모습

비에 젖은 내 모습은
초라할 것 같지만
빗속에 나를 감추고
내 마음 함께 내릴 수 있어서 좋다

함께 젖어 거닐 수 없는 널
그리워할 수 있어 좋다

얼마인지 모를 빗속의 걸어온 길이
너와 함께 걸었던 길이란 걸
깨달은 나

흐르는 눈물이 보이지 않아서
더 좋다

설렘

뭐지 이 공간이
이 공간의 날마다의 설렘에
나를 조금씩 알아 가는 중

새로운 나 그 기다림에 설레어
밤새 기도하듯 찾아온 너

작은 펜 끝의 떨림
그 펜 끝에 눈물이 떨어져 번져 간다
가슴에 울려오는 메아리 되어

또 다른 너
기다리며 흥분하는 날 영원이었음
너를 찾아 떠나는 삶의 설렘
그 기다림에 설레어 운다

상황

넌 비였고
난 눈이 되었다

어디에서인지
어떻게 태어난지 모른다
바람에 밀리어 머문 자리에서
넌 비가 되었고
난 눈이 되었다

네가 가려는
내가 가려는 곳도
나침판 하나 없이
이렇게 밀려오듯

또 어디가 종착역인지
비가 될지, 눈이 될지
그래도 세상을 누리며 살아가는 중
가다가다 지쳐
밀어 주는 이 없고 끌어 주는 이 없으면
따듯한 날엔 비가 되고
추운 날엔 눈이 되자

아버지

나를 내세우지도
나를 찾아보지도
돌아보니 긴 세월이었지만

한 번도 힘들어해 보지 못 했고
혼자서 아무도 모르게 울었었지
지금 그 뜨겁던 가슴이 말라 버린 후

나를 보았지
거울에 비추인 모습을
눈물이 나와서 거울 속 그대와
함께 울어 줬지

이 지경이 돼서야
이 몰골이 왜 이리도 초라한지

그래도

아버지로 살아온 시간이

행복한 건 부정할 수 없지

내 자식이

나처럼 살아가지 않아도

내 나이 들어서 이런 생각이었으면

독백을 하듯 되뇌일 뿐

아버지와 아들

난 너에게
자꾸만 쌓여 가는 것이
나를 더 빨리 찾아가게 하려는 거였지

사랑도, 아픔도
너의 인생이기에
또한 내 인생
서로에게 애틋한 기류만 흐를 뿐
꿈에서 깨어나게 해 버리는

꿈도 아니었지만
피할 수 없는 관계였기에

「명심보감」「논어」를
관여시킬 수도 없는 세상

그래도 이렇게 가슴 아파

홀로 눈물이 흐르는 것은 무엇일까

울어야겠어

눈물이 흐르다
멈춘 가슴에
나를 잠시 들여다본다

내가 나를 모르는 동안
함께 걸어온 이는 얼마만큼이나
가슴에 눈물을 간직하고 왔을까?

울어야겠어
얼마를 더 울어야 될지 몰라도
당신이 날 용서해 주기보다는
내가 나에게 저지를 그 죄

널 아프게
널 울게 했던 날보다
울다 지쳐 가슴이 마를 때까지

존재

사랑할 수 있어도
미워하지 못 했다

널 사랑하는 것이 내가 살아가는
날 찾아가는 날들이었기에

미워하다 피폐해진 내 가슴을
나 자신이 추스를 수 없기에

쓸쓸이 떨어져 뒹구는
낙엽의 부질없음을
멍하니 바라본다
나의 존재를 돌아보며

그래 더 사랑하자
내가 살아가는 동안에는

유리 상자

세상이
눈앞에 펼쳐져 있었어
유혹에 밖을 기웃거렸지

내게 주어진 공간
한 발걸음도 나갈 수 없다는 것을
잠깐씩 잊어버리고

유리 안의 나는
한 번도 후회하지 않고
나에게 허용된 삶을 영위했지

자신은 부끄럽지 않으려
앵벌이를 하듯
혼자서 가슴을 껴안고 우는 무수한 날들

이제 괜찮아

나를 돌아보고

유리 상자를 벗어나 나를 찾아가는 중

세상은 날 버리지 않았어

내가 세상을 사랑했기에

회귀

물고기의 회귀보다
인간의 회귀가 더 간절한 것은
그리움이 조금 더 강함이겠지

내가 태어나
어미의 냄새가 풍기는 그곳

언젠가는
오라고 간절히 바라는 이 없어도
돌아가겠다는 나 자신이기에

그 고향 하늘
반짝이는 별들은 이미 잊었지만
그 하늘의 그 별들을 오늘도 동경하는 거야

조금 덜 늙어서
옛날 그 남새밭에
내 마음의 엄마 냄새나는 채소, 과일 심어
따듯한 양지에서 늙어 가면

나 고향 하늘에
별 하나를 만들고 떠나는 거지

주고 싶을 때

주고 싶어
날 내가 달래 봤어
내 마음이련만
내가 다 알지 못해서

왜일까
주고 나면 이토록 행복한 것을
내 마음도
날 원망하지 않겠지

따듯한 쪽 햇빛에
내 마음도 함께 녹아내린다
얇은 내 가슴을 들여다본다

4
–
당신이었나 봐

너란 존재
- 술

오늘 밤은
널 잊으려 깊은 고뇌에
날마다 당하고 후회하기 싫어서

머릿속에선
착칵 착칵
초침 돌아가는 소리

저녁 밥상
찬들의 거센 유혹
간신히 널 피해 가는 길

핸드폰의 떨림
날 홀리다 외면하려 안간힘을 쓰지만
이미 신발 끈을 매고 있다

너란 존재 정말 누구일까?
너에게 나란 무력함의 끝이던가?
아님 널 사랑하기 때문
아— 아직 청춘이란 말이라고

오늘 밤도 너의 무게에 짓눌린 난
너를 채우고 오늘을 노래 부른다

너의 사람

언제부터인지
너의 그림자로 살아가는 날이
힘들고 외로워서
눈물로 가슴을 씻어 내리기도 했었어

나를 잊어버리고
네게 내려놓고 여기까지 온 것을

네가 좋아하는 것이
나의 행복이란 걸 깨달은 때는
이미 세상을 반쯤은 살아온 뒤였지

너의 그림자로
너의 사랑으로 살아가는
난 또 다른 너의 가슴인지 모르지

어제보다 오늘이 더 좋은 것은
네게 조련당한 내 마음이기에

널 닮고 싶어

늘 여유롭게
웃고 있는 너

어려워도 바빠도
늘 여유로운 너

미워할 수 없이
사랑스런 너

이 가던 걸음 멈추고
널 닮고 싶은걸

나는

네가 누구기에

눈을 감아야 떠오르는
떠났다 생각하면
태연히 곁에
넌 내게 그리움이었네

술

네가 있어
오늘을 사는지 모른다
세상의 모든 시름을…

너 또한 나 떠나면
또 다른 나에게 너를 취하게 하겠지
너로 인하여 행복한 사람이 많고
너로 인하여 좌절한 사람도 잊지

네가 있어 행복이 배가되는지 모른다
너 때문에 행복했던 건
너 때문에 웃을 수 있던 건
네가 있어서 내 친구를 찾아갈 수 있었던 거지

지금보다 더 사랑할 수는 없겠지만
널 두고 떠난다는 상상만 해도
난 왜 슬퍼지는지 모른다

슬픈 추억 바람에 실어

바람이 분다
가슴에 고여 아파했던
아픈추억을 보내려 한다

또 다른 아픔이 똬리를 틀어도
오늘 바람에
추억으로 간직하고

어디로 떠날지 모르는 가슴
어느 임께 머물지 몰라도
저 바람에 떠나보내련다

당신이었나 봐

마음을 말없이 안내하고
가리키던 그 불빛

노쇠해져 가는 육신의 등은
시나브로 하나 둘 꺼져 갈 즈음
당신은 왜 내게 더 가까이 다가오는지
아파 오는 가슴에 긴 밤을 지새웠어

육신은 영원을 향해
머나먼 여행 준비를 하지만
영혼은 당신 곁을 떠나지 못 하는 것을

아침 햇살에
눈뜨고 당신을 떠나보내고서야
난 일상으로 돌아온다

사랑할 거야
지금까지 사랑한 날들보다
더 사랑할 수 있다면

마음속의 조각 맞춤을 한다

싸늘히 식어 버린 대지는
낙수의 한 방울 한 방울로도
자연을 조각하고

내 가슴은 그리움에
뜨겁던 날의 잊혀져 가는 얼굴들
조각 맞춤을 한다

가슴은 늘 그 자리
문득문득 스치는 모습
하나둘 그렇게 그리움을 그려 보는 중

모두가 떠나간 자리
스쳐 지나가도
변해 버린 모습에 눈인사도 못하지만
가슴은 그때처럼 뛰고 있다

초라한 가슴만 바람 되어

그대의 모습을

날마다 맴돌고 있다

술 사랑

너에 취해서
널 바라보다
너에게 빠져 버린

날마다 밤이 깊어 가도록
너의 사랑에 헤어나지 못하다
나뒹구는 너의 빈 병 틈에 오늘도 잠이 든다

꿈결에 채운 술잔은
허공에 흩어져
별들 틈에 반짝이고
속삭이듯 귓전에 다가온다

깊게 빠져 버린
헤어나질 못하는 난
내일이면 또 다른 너를 안고
행복하게 잠이 들겠지

우리는

너무 계산하지 말자
우리 사랑을 앞에 붙혀 보자

너무 화내지 말자
우리 사랑하고 있으니

집

집
편하다
해지면 가지 마라 해도 다들 들어간다

혹
모른다
바깥보다 더 불편한 공간인 사람도

그러나
나를 쉬게 하고
내가 감싸 줘야 할 사람이 있다

집
너나 나나
다 사랑하는 공간이다

길동무

짧고도 머나먼 길
맺은 동무 가며가며 바꿔 가며
흘러가듯 함께 가는 인생 길

혼자 떠나는 길이라면
상상도 할 수 없는 고독한 길이지만
가도 가도 새로운 길

서로 생각이 달라 다투고
때론 사랑하고
울고 웃으며 떠나는 길
가다가다 지쳐 쓰러져도
동무가 있어 즐거운 길

자네 있어 지금도 행복하니
그날까지는 변치 말고 살아가세
내 어깨 반은 줄 테니 말이야

월계수

피를 토하듯
인간의 한계의
사선을 몇 번이고 넘어
그 월계관을 썼다

영광의 월계수
향기에 취해서
서재 책상에 기댄 널
늘 바라보고 있다

그 한계를 상상하고
지친 마음 널 바라보며
달랠 수 있어서

언제인지 모를

나 스스로 너의 품에 안기듯

네가 널 감아 만든 감투를 상상하며

내가 고통에 지쳐도

네가 병마와 해충의 시련을 이겨 내듯

그날을 상상하며

내 마음의 월계관을 쓴다

친구야

오늘 이 길이 왜 이리 낯선지

그저 길이었고
함께했을 뿐이었는데

나 또한 다른 친구의 그 사람
나 또한 친구의 곁을 떠나고 나면
이 길이 낯설어 보이겠지

친구야
우리는 조금 아쉬움으로 남자
넘쳐 흘러버리는 삶이 풍요로울지 몰라도
함께 있어 행복한 지금으로 살아가자

잠시 떨어지면 아쉬운

전화통으로 울려오는 작은 음성에도

그저 행복해하는 그런 친구로

뜨겁게 사랑하지 않아도

불쑥불쑥 찾아와 얼굴만 바라보다

말없이 사라지는 멋없는 그런 친구

약속 시간 늦었다고 삐지지도 않고

깊어 가는 밤을 함께 늙어 가는 친구로

오늘 난 네가 그립다

호만천

천마산 오르는 길
호만천이 흐른다

벗이 찾아와 소주 한 잔 할 때마다
어릴 적 추억에 젖어 발 담그면
중태기들 작은 입 들이대고 쪼아 대네

그토록 못살게 굴던 조그만 피라미 떼
긴 장대 들고 이리 뛰고 저리 뛰고
추억에 젖은 그 냇가를 상상하며
맑은 호만천에 기댄 채 옛날 얘기하다 보면

어느새 취기는 간데없고 타는 목대는
또 부어라 하네 그 갈증에

날다람쥐 잣나무 오르다
기웃대듯 우릴 바라보다 두 날개 펴고 난다
박새는 먹이 달라 조르듯 우리 주위 맴도는데
가져온 것은 술 냄새 풍기는 몸뚱아리뿐

천마산의 호만천은 왕숙천 따라 한강에 가지만
내 마음은 호만천 따라 고향을 간다

횡재

먹이를
저보다 더 큰 횡재를 했네

그런데 왜
내 마음은 불안에 떨고 있을까?

도심 한복판
명을 다한 먹잇감을 끌어안은 채
무단횡단을 하는 이름 모를 작은 벌레

쉴 새 없이 오고가는 차량 사이
얼마나 행복해했을까?

잠시 후
내 눈을 의심할 수밖에 없는
현실이 오고야 말았다

지나가는 차량에 힘없이 흔적도 없이
기껏해야 "톡"소리
그렇게 그가 가는 것을 목격하고 말았다
내 마음엔 눈물이 고였다

태양

널 기다리다
깊어 가던 밤을 잊어버렸어

뜨겁게 타오르듯
끓어오르는 청춘이 그리워
깊은 밤 차갑게 식어 버린
심장의 박동마저 벅차 흥분되는
그런 날이 좋아서

날마다
널 바라보고 사는 것은 아니지만
너의 뜨거운 사랑처럼
영원이기를 바라는 나

언제나 넌
나의 그리움을 알 듯 모를 듯
내일은 또 다른 그리움으로

5

—

아직은
꿈을 꾸련다

꿈속에서

낮설지 않아서
힘든 줄도 모르고
왔던 길을 숨바꼭질하듯이
얼마나 헤맸던지

지쳐 땀범벅이 돼서야
현실인 양 하던 짓을 멈추고 말았어
타는 목을 축이려 물을 찾을 적에야
깊은 밤인 걸 알고 말았지

어떤 날이었던가
더러 찾아오는 어릴 적 그 모습

개구쟁이가 돼서
또는 쌈꾼이 돼서
그날의 조그만 꿈들이
내게 다가오는 걸
싫었던 날은
꿈에서조차 내게 찾아오지 않았으면
그러나 그것은 막연한 꿈
오늘은 그 멋진 꿈이 내게 다가올는지

작지만 크던 날
오늘 밤 또 그 꿈을 기다린다

낮잠

음악이 흐르고
영혼은 취해
잔잔히 젖다가 이내 깊이 젖어 간다

현실은 점점 멀어져 가고
또 다른 세상을 음미하듯
잠깐의 여행을 떠난다

흐르다 멈춘 선율
다시금 현실에
두 눈을 비벼 본다
한낮의 달콤함을 못 잊은 채….

노을을 삼키려는데

나의 가슴
지친 노을은 어둠이 삼키려 드는데
기다리다 지쳐 버린 잡초
여기저기 기웃거린다

파도에 밀려온 미풍에
나 자신도 지탱할 수 없어 리듬을 탄다
노을빛에 눈이 부신 내 몰골은
이미 눈동자엔 황달이 들어섰다

넌 어디쯤 오는 거니
노을이 저렇게 지어 가는데
널 기다리는 난
풀잎 속에 잠이 들고 말겠다

이리 기웃, 저리 기웃
콧등 치는 저 아름다운 해풍에 허무하게

도시의 골목

한쪽 구석 연신 피워 대는 담배 연기
초침처럼 일하다 잠시 휴식이겠지만
지나는 이들은 미간을 찌푸린다

모두가 종종걸음을 하며 삶을 추구하고
거지 복장으로 잘 차려입은 사람 불쌍해 보이려
차디찬 바다에 맨발인 채로 지나가는 행인 향해
곡을 하듯 머리를 쥐어박고
맛이 있는지 없는지 식당 광고지를 잔뜩 든 손
지나가는 이들에게 매달리듯 배포한다

저렇게 사는 것이 인생인 것을
우리는 일상이 되어 나를 잊고 살아간다

아침 이슬을 맞으며 삶의 터전
골목 위 건물들엔
형형색색의 삶들이 모여 살아간다
해 지고 모두가 회귀할 즈음엔
삶의 불빛은 하나둘 소등되어 간다
밤새워 소등되지 않는 빌딩도 그림자만 왕래할 뿐

지친 육신을 달래는 영혼은 과음으로
꺼져 가는 가로등에 기댄 채
꿈의 여행을 떠나간다

내일 또 이 골목으로 돌아와 살아가야 할 너
죽지 않을 만큼 일하고 나를 위해 숨 쉬는
시간 속에 나를 조금은 찾아가는 날이었음 좋으련만

마음의 색

오늘 어두운 밤
그 까만 밤을 지우려고
눈을 감았어

세상은 잠들어
모두가 별이 되는 꿈을 꾸는데

세상을 확 바꾸어 버릴
어둠을 다 칠하려고
형형색색의 물감을 지금 만드는 중

모두가 깨어나
아름다운 세상에
웃다 지쳐 울어 버릴 수 있게

눈을 감고
지금 색을 만드는 중이야

여름밤 꿈에

오솔길 풀벌레 소리 따라
얼마를 왔을까?

길을 안내하듯 밝혀 주는 건
별들의 속삭임 같은 깜박임

흐르다 멈춘 작은 물웅덩이
별들이 빠져 물결에 춤을 춘다
내 작은 가슴은 별 속에 빠져
먼 허공으로 여행을 떠난다

세상살이에 지친 영혼
이미 떠난 지 오래
마음은 날개를 펼쳐 날 뿐

문명 다 잊어버리고
저 하늘에 섞여 별이 되어 간다

시(詩)

도시의 수많은 불빛에 단련된 나
어쩌면 네온에 어디에 내 발을 내려놓을지
밀리어 치이고 치열한 삶

나는 누구인가?
내 안에 무엇이 꿈틀대고 있는가?
종종 걸음에 나란 존재는 찾을 길 없고
모두가 고개를 숙이고 살아가지

얼굴마다엔 형형색색의 짙은 화장으로
나를 감추듯 치장하며
억지웃음으로 너의 기준에 맞추어 살고
나를 위함인지 부를 좇음인지
날마다 그 연속으로 살아간다

하늘을 보자
비록 네온에 시뿌연 모습이라도
눈물이 나거든 야간열차를 타자

가로등 하나 개똥벌레가 불 밝히는 그런 곳 찾아
벌거벗은 모습 치장하지 않아도
내가 시가 되는 곳으로
치장하는 곳을 떠나 별이 쏟아지는
마음의 그 미지로

시(詩)한 꿈

꿈에서
그 사람을 만났어
얼마나 편하게 내 손을 잡아 주던지
긴 시간이 너무나 짧아 아쉬움만 남았어

꿈에서
그곳에 갔어
죽도록 가고 싶었던 마음이었던지
뛰고, 구르고 섬광 같은 시간이었어

꿈에서
난 그를 용서했어
얼마나 많이 울기만 했는지
말끝을 이을 수가 없었어

꿈에서

너무 행복해야 했어

현실의 걱정, 근심이 다 떠났거든

그래서 그냥 살기로 했어

아직은 꿈을 꾸련다

꿈을 꾼다
가슴에 간직했던
내 청춘의 시간들의 아쉬움
소중했던 잊고 있을 뻔했던 꿈

자꾸만 희미해져 가는 아쉬운 날
그 현실을 외면하려 하지만
그토록 그리려 했던 날들을
버릴 수 없는 나 자신은
아직도 꿈을 꾼다

뒹구는 낙엽에도 가슴 뛰는
그런 청춘은 아니지만
아직은 낙조를 바라보다
탁주 한 잔 부어 놓고 나를 노래하듯
지나온 추억에 갇혀 나를 음미하며

또 다른 나의
또 다른 꿈을 그리며
저 붉게 타오르듯 지펴 놓고 사라지는
태양을 꿈을 꾸듯 바라본다

뛰는 가슴은 노을의 그림자에
오늘은 재워 놓고….

여행 준비 중

어젯밤 꿈에서
멀리 여행을 떠나려 준비 중이었다

눈물만 흐를 뿐
아쉬움도 슬픔도 없었어
여행 오듯 지나온 날들만 스쳐 지나가고

가슴으로 행동하지 않았던 시간
나를 내세우고 눈으로 판단했던
귀로 들음을 이해 못했던

머나먼 여행 준비
또 다른 그런 날들이라면
어떻게 행동했을까
바둑이 끝난 후 계가를 하듯

꿈이었어
또 다른 오늘이 다가오고 있어
그 여행을 떠나기 전
후회 없이 살아가기를 되새김하며
행복한 꿈을 꿔야겠지

영혼의 자유

날고 싶다
푸른 하늘로
기류에 몸을 싣고 떠밀려 가듯
어디로 흘러흘러 가는지
두 팔만 펴고 눈을 감고 싶다

자유는 있지
어디든 떠날 수 있어
이미 창살은 눈에 보이지 않지만
마음에 갇혀 겹겹이 가로막은 장벽
조금의 시간에도 마음을 내려놓을
평화가 없다는 것

나뿐인가
모두 종종걸음을 한다
먹잇감을 찾아 헤매는
삶은 영혼과 함께
어딘지 모를 곳을 방황들 하고 있는지
해가 져 버린 지 한참이 돼서야
나를 돌아볼 시간도 없이

지친 육신을 달래려는 사람들
삼삼오오 모여 모이 먹고 물 한 모금 마시듯
하늘을 원망하며 하늘을 바라본다
지친 날의 세상을 신랄히 힐난하며
육신을 그렇게 달래듯 피로를 푼다

날아 볼 자신은 더 멀어져만 가고
아침 햇살을 부끄럽게 바라보며
먹이 사냥에 또 내몰리는 삶이기에….

은둔

아무도 없다
모두에게서 떠나 버린 마음
육신은 미소만 잊었지 그대로인 걸

현실과 꿈 사이
다 내어 주고 보였던 뜨거운 가슴
하나둘 떨어져 나가듯 떠나보냈다

세상은 모두가 기계처럼
정(情)은 오간 데 없고
기계의 소음과 같은 언어에
마음은 상처 속에 속절없다

언제 돌아올지 모르는
허공에 정처 없이 떠다닌다
덜덜대는 기계에 기름칠을 하듯
육신은 한 잔 술에 취해서야 잠을 이룬다

마음은 은둔을 하는데….

진짜 인생으로

얼마를 살아 봐야
얼마나 더 산다고
작은 미풍에도 흔적 없이 떠날 것을

진실을 버리고
척으로 살아가는 것이
습관처럼 날이 날들이 되어 버린
왜 이토록 안타까운 것일까

별은 어제 그 자리 조금의 변함없는 자리
그 모습 그대로인데 그래도 하나씩 버림받는지
우주의 공간에 팽개치듯 떨어져 간다

세상의 반은 어둠 속에 잠들고
그 반은 어둠을 즐기며 산다

모두가 잠들어 갈 즈음 깨어나
불빛마저 졸음에 깜박일 때
고요가 흐르는 저 하늘엔
눈들이 반짝이듯 나를 바라본다
평화의 고요한 가슴에 돌팔매질을 한다

나에게도 반짝이는 지구의 별이 되라고
얼마를 바라보고 있었을까 나를 잊은 채
돌이 되어….